KB167741

남창욱 시집

잠 못 이루는 그대를 위하여

터닝
포인트

잠 못 이루는 그대를 위하여

2023년 7월 10일 1판 1쇄 인쇄
2023년 7월 20일 1판 1쇄 발행

지은이 남창욱
펴낸이 정상석
펴낸 곳 터닝포인트
등록번호 2005. 2. 17 제6-738호
주소 (03993) 서울시 마포구 동교로 27길 53 지남빌딩 308호
대표전화 (02)332-7646
팩스 (02)3142-7646
홈페이지 www.diytp.com
ISBN 979-11-6134-141-5 03810
정가 14,000원

기획 터닝포인트
북디자인 이영은(corelx@naver.com)
내용 문의 www.diytp.com

원고 집필 문의 diamat@naver.com
터닝포인트는 삶에 긍정적 변화를 가져오는 좋은 원고를 환영합니다

시인의 말

세계적인 프랑스 작가 쌩떽쥐베리는 그의 책 어린왕자에서 가장 중요한 것은 마음의 눈으로 보는 것이라고 했다.

누구나 꽃을 보고 아름답다고 말할 수 있다. 그러나 시란 단순히 눈에 보이는 것을 표현하는 것이 아니라 눈에 보이는 현상 너머의 보이지 않는 세계를 형상화 해야 하기 때문에 마음의 눈으로 봐야만 제대로 표현할 수 있다. 그러기 때문에 시를 쓰는 데는 육안(肉眼) 지안(智眼) 심안(心眼)영안(靈眼)이 필요하다.

특히 시는 수사적인 현란한 언어들을 모은 자기 지식의 자랑이 아니라 깊게는 종교적인 차원까지 들어가 자기 성찰은 물론이고 자기 고백의 차원이라 생각하여 때로는 드러내고 싶지 않은 것들까지도 보이는 현상 너머의 세계까지 올라가 진실하고 진솔한 마음으로 고백하는 시를 쓰려고 노력했다.

시인은 어려서부터 문학의 한 장르인 시를 좋아했고 시를 읽고 습작하며 시상을 키워오다 이번에 사랑하는 딸의 결혼에 맞춰 시집을 출간하게 되었다.

또한 이 시집은 어떤 정형화된 형식에 매이지 않고 때로는 일기 형식으로, 때로는 수필 형식으로, 때로는 있는 그대로의 사실을 표현한 글이기에 부담 없이 읽어 주면 좋겠다.

특히 이 시의 상당 부분이 인간의 고뇌와 슬픔에 관한 고백 형식으로 쓴 것은 시인의 삶이 늘 죽음의 위기 가운데 몸부림치는 삶

3

이었기에 이러한 고난의 삶이 글에도 반영되었다는 사실을 밝혀 두며 같은 처지의 사람들에게 조금이라도 위안이 되면 더할 기쁨이 없겠다.

흔히 우리 인류가 만든 창조물 중에 가장 고차원적인 문화를 예술이라고 한다. 이 예술 중에 가장 기본이 되는 것이 문학이며 그중에서도 시를 문학의 첫머리에 두는 것은 시가 가지는 체험적 요소 때문이다.

이처럼 시는 자신이 경험하고 느끼고 보고 듣고 체험한 사실들을 가장 진솔한 감정을 담아 표현하는 글이기에 시를 사랑하는 사람은 악한 사람일 수 없으며 삶을 더욱 풍요롭고 넉넉하게 해 줄 것이라 확신하여 이 글을 읽는 모든 이들에게 보다 여유로운 삶이 주어졌으면 하는 바램이다.

2023년 7월 3일 남창욱

추천사 / 윤두환

남창욱 시인의 시를 접하다 보면 이런 생각이 드는 것을 숨길 수 없다.

시(詩)란 언어의 붓으로 일상을 비범하게 혹은 주변 대상을 압축적 영감으로 그려내는 영성의 그림책 같다고…

남 시인은 따뜻한 바람과 넘실거리는 파도가 넘치는 남도의 아름다운 섬, 거금도 출신이다.

그곳을 다녀온 내 경험에 따르면 그가 왜 시인이 되었으며, 왜 그런 서사적 감정이 나올 수밖에 없는 숙명적 구조를 지녔는지 추론이 가능해졌다.

시인은 자신의 고향을 "비릿한 바다", "끝없는 파도", "외로운 섬 거금도는 언제나 그리운 고향이다"라고 밝혔다.

그는 시적 표현에서 "뭐 한가 친구"(무엇 하는가) 남도의 구수한 사투리를 놓치지 않았다.

그렇듯이 거금도는 그의 삶을 형성한 덩어리요, 모체(母體)요, 근원이 되어있다.

어린 시절 시인이 살던 그 섬은 지금처럼 육지로 잇는 다리도 없이 사방 물바다로 펼쳐진 절해의 고독한 곳이었다고 짐작된다. 작은 사슴처럼 아름다운 그곳에서 그는 높은 하늘을 올려다보고, 드넓은 바닷물을 둘러보고, 그리고 좁다란 섬을 딛고 걸으며 무한한 상상의 나래를 폈을지 모른다.

이 섬을 벗어나면 저 넓은 뭍(陸地)의 삶은 어떨까 하는 동경심이 가득한 채, 자신을 상상하며 때로는 간난(艱難)과 질고를 충만과 자유로 채워지길 소원했을 것이다.

이제 시인은 사람 많고 혼잡한 서울로 상경, 촌티를 벗고 새 인생을 시작하며 포부가 큰 당당한 자신을 키우기로 마음먹었다.

그는 모든 것을 인내하고 버티고 몸부림치며 그 일을 이루고야 마는 저력을 보였다. 따라서 그의 시는 그 삶의 발자국을 담은 자서전이 되었다. 시어의 곳곳마다 그 삶의 붓칠 궤적이 배어있기 때문이다.

그의 시어를 보면 유독 눈에 띄는 것들이 있다. "사무치는 고독" "가난", "병약함", "부족함", "뼛속같이 떨리는 오한", "죽는 순간을 연습해", "근심으로 잠 못 이룬 채", "창자가 끊긴 아픔", "죽음의 그림자" 등이 내면 깊이 탑재되어 나타난다.

그러나 시인은 극한의 고통, 절망, 그리고 결핍에 머물지 않는다. 그 주어진 환경을 극복하면서, 사람 속에서 부딪치고 이겨내며, 그래도 사람을 그리워하고, 사람을 노래하고, 사람이 무엇인지를 고민한다.

그런 사실은 그의 시에 표현된 "늘 그리운 그대", "늘 생각나는 사람이여" 그리고 "아 마음씨 고운사람", "눈이 선한 사람", "인상 좋은 사람" 등이 입증한다.
드디어 시인은 라틴어 "메멘토 모리"(Memento Mori!), "죽음을 기억하라"는 말을 빌려, 죽음의 역설을 뛰어넘는 반전을 이룬다.

6

생명과 구원을 노래하는 것이다. 그래서 치유가 있고, 위로가 있고, 자신감이 솟는다. 이것이 시인이 주는 은근한 힘이다.

그는 죽음의 터널을 지나면서 생명 강함을 터득한 철학자요, 누가 말한 상처 입은 치유자요(wounded healer), 영성의 그리스도인이요, 진정한 이웃 같은 질박한 순수 그 사람이다.

흔히 시란 일정한 패턴과 규정이 있는 것처럼 정의하나, 희로애락을 경험하다 보면 또 그것을 작위 없이 표현하다 보면, 누구나 시인이 될 수 있다.

그의 시는 지나친 생략이나 추상적 애매함이 없다. 단숨에 쉽게 읽혀지고, 함께 느껴지고, 함께 깨닫게 해주는 매력을 지녔다.

인류 역사에 가끔은 천재가 나타나 모호의 언어로 해석의 여지를 과제로 남겨 주기도 하지만, 그의 시는 난해하지 않은 사유의 진솔한 삶을 그저 담백하게 보여준다.

값비싼 고급요리의 꾸밈과 멋보다는 일상의 소박한 집밥이 살이 되고 피가 되듯, 그의 시는 우리의 일상 삶에 다양한 생활영양소로 자리매김할 것을 믿어본다.

시인은 이제 한 걸음 더 내디디고 자신의 삶을 짧게 압축 제련하여 "나 이런 사람이오" 라고 당당하게 고백한다. 이 용기와 담대함은 작은 섬을 탈출하고자 꿈꾸었던 거금도(居金島) 아이의 금빛 소망이 이루어진 승리의 선언이요 포효(咆哮)라고 여겨진다.

그는 실제로 그러한 인생을 살고 있는 듯이 보인다. 그는 시에서 이렇게 외친다. "마음이 괴로울 때 바다로 가자, 마음이 무너질 때 바다로 가자, 마음이 답답할 때 바다로 가자, 무엇하나 가리는 것 없이."

그가 시의 붓끝으로 그려낸 자아상처럼 그는 현재 누구에게도 얽매이지 않고 언제든지 홀홀 털고 바다로 달려갈 수 있는 여유와 낭만을 누리고 있다.

그가 그리는 바다는 그를 품은 님이요, 엄마 가슴이요, 혹은 영혼의 안식처 되신 그분 한 분의 안녕(샬롬) 같은 곳이다.

그래서 그는 '지금 여기'(Here and Now) 충분히 행복하고, 감사하고, 그리워하며 끊임없이 시를 읊조리 고 있는지 모른다. 그의 시를 적극 추천하며 일독을 권한다.

윤두환
교육학 박사

시는 시를 쓰는 사람의 마음이 글로 표현된 것이다. 마음이 글 되고 글이 시라는 옷을 입은 것이다. 보기에 화려한 옷도 있고 입기에 편한 옷도 있다.

남창욱 시인은 이 두 가지를 다 갖춘 시인이라고 생각된다. 또 나와는 40년 가까이 호형호제로 지내온 인생의 벗이다
내가 한참 나이가 어림에도 불구하고 친구라고 부르는 것은 나이가 같아서가 아니라 사물을 대하는 감정과 삶의 가치관이 같아서였다고 여긴다.

시인은 본인의 삶을 진솔하게 시로 구슬을 꿰듯 엮어서 귀한 보배로 우리 앞에 내놓았다.
한사코 내어놓길 꺼려했으나 아우인 내가 많이 부추겼다. 독자들께서 시를 대하다보면 내가 왜 그랬는지 아실 수 있을 것이라 생각한다.

남창욱의 시는 마음이 아려오고 그리움이 눈앞에 아른거리며 진한 향수가 느껴진다. 슬픔과 아픔 연민 그리움 행복 등이 광주리에 한가득이다.
부추긴 책임이 내게 있었기에 이 시를 통해 독자들의 마음에 위로가 된다면 그 공이 조금이라도 내게 있음을 감히 고백하며 기쁜 마음으로 일독을 권한다.

정현석
시인 / 수필가
(주)그린하이텍 대표이사
전남 동부극동방송 순천광양지회 운영위원장
광주하백교회 장로

🌱 목차

1. 함께 있고 싶은 사람

별을 보며 걸어요

서로 다른 시냇물이
큰 강에서 하나로 만나듯

서로 다른 길을 걸어 온 우리
천사가 놓아준 다리를 건너
하나로 만났습니다

춘삼월 연초록을 지나
신록의 푸른 숲을 이루는 칠월

그대가 꽃이라면
나는 그대 위에 쏟아지는
햇빛으로 스러지고

그대가 바다라면
나는 작은 시내가 되어
그대 바다를 가득히 채우렵니다

오늘 서로 다른 사람끼리 만나
우리 둘이 만들어갈 작은 세상

살다 보면
아픔도 괴로움도 있겠지요

우리 둘이 만든 세상
햇빛 지고 어두움이 내리면

나는 그대의 등불이 되고
그대는 나의 동행자 되어

하늘 저 끝
반짝이는 별을 보며
우리 함께 걸어가요

3월이 오면

시린 손 호호 부는
혹한의 겨울이지만

눈감고 귀 기울이면
봄이 오는 소리가 들립니다

봄이 오면
헐벗은 들녘에 꽃이 피듯

내 인생의 초라한 뜨락에
행복꽃을 피우고 싶습니다

긴 겨울이 지나간 거리에
따스한 봄이 찾아오면

우리 걷는 길에도
햇살 가득한 날이 오겠지요

비록 지금은
뼛속 시린 계절이지만

눈부신 삼월이 오면
향기 그윽한 길을

그대와 거닐고 싶습니다

그리움 (1)

그대 그리워
뜬 눈으로 보내는 밤이 많아
사랑을 아픔이라 부릅니다

천도의 불꽃으로
빚어내는 그릇처럼

참기 힘든 아픔까지
사랑으로 빚어내는 가슴
촛불로 태워 사릅니다

그리움이 형벌이고
아픔인 것을
밤마다 뜬 눈으로 배웁니다

당신 (1)

밤하늘 별을 모아
당신 창가에 걸어두고

잔잔한 호수 위에 내린
은은한 달빛 아래
당신의 편지를 읽습니다

휘영청 보름달처럼 밝고
티 없이 고운 당신의 마음은
아름다운 선물이었습니다

당신의 도란거리던 호흡은
우주의 정기로 승화되고

당신과의 사랑은
행복의 나래로
영원의 세계를 유영합니다

당신을 향한 그리움 가득하기에
아련한 비밀서랍 살며시 엽니다

당신과 나, 눈물의 징검다리,
물결 사나운
저 강을 건널 수 있을지요

초여름 따가운 햇빛 아래
눈부시게 피어난 장미의
진한 향기 맡으며

오래 간직하고픈 그리움에
말없이 눈을 감습니다

불꽃

메마른 벌판에
불을 질러 놓은 듯

내 작은 가슴에
사랑의 불꽃이 타 오른다

시도 때도 없이
떠오르는 님 생각에
뜨거운 열병을 앓는다

별이 빛나는 밤
눈부신 맑은 낮
비바람 치는 날에도

잎 새에 이는 소리까지
님의 호흡으로 들리고

꿈속까지 다가오는 것은
님의 얼굴뿐이다

너를 향한 열정이
깊은 영혼까지
활활 타는 불을 질러놓았다

이토록 타오른 불길이
쉬이 사그라질 불이라면

차라리 타지나 말기를 …

차라리 학이 되어

숨 가쁜 도시도
숨을 멈춘 고요한 밤

그대를 바라보며
다정한 밀어를 나누고 싶지만

그대와의 사이에
바람도 넘을 수 없는
벽이 막고 있으니
어이 하란 말입니까

그대 향한 마음은
종일 불타고 있지만

가까이 하기에
너무 멀리 있는 그대

이 밤이 다 가도록
그대를 그리워하다
차라리 학이 되겠습니다

함께 걷고 싶은 사람

가을이 오면
소슬한 바람 부는
낙엽의 길을
함께 걷고픈 사람 있습니다

가을이 오면
낭만이 흐르는 카페에서
따뜻한 커피 한 잔
마시고 싶은 사람 있습니다

가을이 오면
고요한 강가의 벤치에 앉아
기대고 싶은 사람 있습니다

가을이 깊을수록
심장이 뛸지라도
절제된 순백의 사랑
나누고 싶은 사람 있습니다

가을이 오면
함께 걷고 싶은 사람 있습니다

그대 나 있음에

삶이 속일지라도
눈물 흘리지 마십시오

그대 슬픈 얼굴이
가슴 아프기 때문입니다

그대 길을 갈 땐
오르기 힘든 길도 있고
건너기 힘든 강도 있겠지요

그대가 힘들어 할 때
나는 다리가 되어주고
작은 배가 되고 싶습니다

그대와 나
푸른 강을 건너
저 푸른 초원에
하얀 집을 지어요

그리고 나 그대 있고
그대 나 있음에
환한 미소를 지어요

라일락 향기 그윽한 오늘
진정 그대를 사랑합니다

그리움 (2)

아침 이슬 같은
순결한 미소
내 가슴에 물결칩니다

빛고을 보리밭 한 켠
산딸기 같은 그대 입술
내 가슴에 아련한 추억입니다

돌담길 모퉁이
싱그러운 장미꽃 눈길
내 가슴에 거센 바람 일으킵니다

내 사랑 그대의 풋풋한 향기
몸살 앓도록 그립습니다

그대 생각

바람이 서늘하여 누웠더니
무심한 잠이 들었습니다

고요의 새벽을 타고 내려온
이슬을 맞으며 나갔더니
귀뚜라미 요란하게 울어
가을이 이른 줄 알았습니다

오늘도 하루가 시작되었지만
늘 하던 샤워를 하지 않은 까닭은
계절의 무게를 느끼기 때문입니다

열심히 달려온 그대여
무엇을 위해 달려 왔습니까

잠시 무거운 짐을 내려놓고
부서지는 파도를 보며
그대와 걷고 싶은 것은

그대를 향한 그리움이
가슴을 적시기 때문입니다

함께 있고 싶은 사람

선물이 아니라도
해맑게 웃는 사람

살랑살랑거리며
기분 좋게 하는 사람

니가 최고라고
추켜 주는 사람

와아 하며 감동하는 사람
말을 잘 들어주는 사람

이런 사람이
늘 함께 있고 싶은 사람이다

채워지지 않는 잔

사랑은 그리움이고
기다림이어라

친구야 어때
이 한 마디를 듣기 위해
석양이 빛을 잃을 때까지

너를 기다리는 고통이
전신을 휘감는 침상에 누워
소식을 기다렸지만

끝내 소식 없는 야속함에
고독이 몸부림칠 때

너를 향한 그리움은
차가운 별이 되어
먼 하늘을 날아간다

사랑은
채워도 채워지지 않는 잔이다

연가

임 그리울 때
새하얀 목련잎에
그리움의 편지를 쓰렵니다

임 보고플 때
조용한 창가에 기대어
흐르는 조각구름 보렵니다

이토록 그리움이 사무치면
꿈에라도 내 님 오시겠지요

님 오시는 날
동지섣달 그믐밤

스러져가는 촛불 밝히고
긴긴밤 불사르며

내 님 오시길 기다리다
하얀 밤이 새도록
촛농처럼 녹아지렵니다

허무한 꿈

풀은 마르고
꽃은 떨어지고
우물은 마른지 오래입니다

그토록 기다리던 당신은
계시로도 보이지 않고
꿈으로도 보이지 않습니다

당신이 보이지 않는 밤은
숨이 막혀 죽을 것 같습니다

사랑은 설렘이며
기다림이지만
이토록 비는 오지 않고

태양은 종일 타는 빛으로
대지를 불태우고 있습니다

시내는 마르고
온 땅의 생명들이 헉헉거릴 때
타는 입술로 눈물도 말랐습니다

당신을 사모하는 기다림에 지쳐
풀잎처럼 누워 있을 때

당신은 꿈속의 아침이슬로
새벽안개를 타고 찾아오셨습니다

그렇게 사모하던 당신
어리석은 자로 하여금

구름 떼 같은 무리 앞에
입을 열게 하셔서
눈물바다를 이루게 하셨습니다

꽃이 피는 때가 있으면
지는 때가 있듯이

찬란한 향연은 끝이 나고
정신을 차려보니
하룻밤 허무한 꿈이었습니다

꿈에라도 찾아오신 당신
나는 내일도
허무한 꿈을 꾸겠습니다

2. 꽃이 되고 싶어라

금낭화

무슨 사연이 있길래
그토록 많은 주머니를 매단 체
저리도 등이 휘어지도록
무거운 짐을 지고 있을까

그 옛 시절에
무쇠 솥 밥이 익었나
밥알 몇 톨을 입에 넣고 씹다

시어머니에게 맞아 죽은
슬픈 전설을 간직한 금낭화

오늘은 네 삶이 서러워
장독대 뒤에 피었구나

그토록 슬픈 사연을
비단주머니 속에 감춘 체
입 다물고 있는 네 마음이

황금색 꽃가루를 흩뿌리는
금낭화 전설로 피었구나

민들레

넓은 들녘 바라보며
걸을 수 없는 서러움에
하얀 눈물 흩뿌리는가

사랑하는 임 그리워
사뿐사뿐 길 떠나려는가

사랑의 씨알 남기려고
홀씨 흩뿌리는가

향도 없고 멋도 없이
한걸음 걸을 수 없는 민들레야

니 신세 서러워 마라
이 북풍 지나
노란 꽃으로 피어나면

햇님 달님 벌님
환한 미소로 널 찾아오리

들꽃

하늘에서 떨어졌을까
땅에서 솟아났을까
어느 바람에 실려 왔을까

땅에 붙은
앙증맞은 꽃

왕숙천 산책로 곁에
외로이 피어 있는 꽃이
하도 애처러이 보여

가던 길을 멈추고
바라보니
온갖 상념이 떠오른다

손톱만큼이나 작은 들꽃
파란 꽃잎 네 잎

얼마나 비바람에 시달려
겨우 5센티도 못 자랐을까

비록 향도 없고
눈부신 자태도 없지만
네 작은 꽃잎에
우주의 비밀이 숨어 있으니

그 낮은 키에
겸손의 미학이 있고

네 푸른 색깔에
인생 젊음의 정신을 배운다

삼월의 하늘 아래
초라하게 핀 들꽃
가까이 귀 기울여 보니

우뢰보다 더 큰 소리로
세상을 향한
진리를 토해 내고

어진 성현도 하지 못할
지혜를 가르쳐 주니

학자의 혀로도 풀지 못 할
우주의 신비를 말 하는구나

아!
이름 모를 작은 들꽃
너의 존재, 너의 신비
너를 통해 신의 세계를 경험한다

꽃처럼

햇빛 쏟아지던 끝자락에
소슬한 바람이 분다

거리에 내리는 비는
가을을 재촉하고

그렇게 무덥던 담장에
눈부신 장미꽃 피더니

한들거리는 코스모스 군락이
잔잔한 내 맘을 유혹한다

꽃내음 그윽한 화원에서
꽃을 파는 사람
꽃을 사는 사람

한 아름 않고 걷는 사람
친밀감이 느껴진다
꽃같은 마음이기 때문이다

꽃은 무슨 까닭에
피고 지는 것일까
오직 그만 아시리

소박한 호박꽃
순하디 순한 평안을 준다
화사한 벗꽃
열정과 희망을 준다

꽃 없는 세상이 있을까
미소도 꽃이고 겸손도 꽃이고
사람도 꽃이다

꽃 없는 세상은
향기 잃은 얼굴이고
향기 잃은 세상은 존재 잃은 삶이다

내 마음의 뜨락에
청초한 꽃을 피우리라

내 남은 인생
꽃을 가꾸며 꽃길을 거닐다
꽃의 향기로 스러지리라

꽃이 되고 싶어라

그토록 깊은 우정도
돈 앞에는 금이 가고

하늘이 맺어준 천륜도
권력 앞에는 적이 되고

피를 나눈 형제도
나눠야 할 유산 앞에는
철천지 원수가 되더라

하지만
지천을 물들이는
장미 철쭉 라일락 백합
초라한 호박꽃이라도

서로 미워하거나
질투하지 않더라
아, 꽃이 되고 싶어라

어떤 위로

6월의 장미
눈부신 너를 볼 때마다
내 가슴은 뛰고
불타는 정열은 끓었었지

그토록 아름다움을
간직한 너
왜 가시를 품었느냐

라일락 향기
백합의 청초함과
계절의 푸르름을 시샘하다
가시가 돋았느냐

온 혀끝에 가시돋힌 나
너를 볼 때마다
실없는 위로를 얻는다

장미

회색 아파트 담장에
눈부신 색깔로
정열을 불태우는 너

진한 네 향기로
호흡할 때마다
피 끓는 심장은 뛰고
청초한 젊음으로 회귀한다

칠월의 땡 볕에
초라한 꽃잎으로 지기 전에

님에게 바쳐지는
향기로운 꽃이 되고 싶어라

찔레꽃

남쪽 고향 밭두렁에 하얀 찔레꽃
울 엄마는 밭고랑에 지심을 매고

나는 나뭇짐 벗어놓고
연한 찔레순 벗겨 먹었지

소나무 곁 논에는
모내기꾼 소리로 질퍽거리고

아랫마을 초가집 굴뚝에는
하얀 연기가 피어오를 때

찔레꽃 넝쿨에는
하얀 꽃이 눈부시더라

아, 찔레꽃 그 하얀 꽃은
순하디 순한 어머니 마음이어라

물망초

도나우강 외로운 섬에 피는
슬픈 전설의 물망초

가장 사랑하는
임에게 드리기 위해

거센 물결 헤치다
죽어가며 외친
한 총각의 나를 잊지 말아요

아득한 시대를 넘어
들려오는 메아리 소리 듣는가

온갖 사랑 고백이
홍수처럼 범람하는 때

들리는 건
로맨틱한 허구일 뿐
진실한 고백이 매말랐구나

푸른 색깔의 물망초
나를 잊지 말아요

네가 부르짖던 그 슬픔에
또 하나의 전설을 기다린다

3. 3월의 기도

그대를 위해

몸을 가꾸기 위해
살을 빼는 사람이 있는가 하면

한 끼를 채우기 위해
박스를 줍는 사람이 있습니다

같은 하늘 아래
살을 빼기 위한 고민과

한 끼 음식 때문에
고민하는 사람이 있듯이

무게는 다르지만
고민 없는 사람은 없습니다

삶에 지쳐 우는 그대여
무엇 때문에 괴로워하십니까

그대를 위한 기도가
여기 있음을 기억하면 좋겠습니다

주여!
지금 당하는 고난이 크다고
너무 낙심하고 절망했습니다

하지만 똑같은 하늘 아래
보지 못하고 걷지 못하고

순간순간 조여 오는 죽음 앞에
몸부림치는 이들도 있습니다

주여!
나로 하여금
극한 삶에 몸부림치는 이들의
아픔을 보는 눈이 열리게 하시고

언제나 긍정을 말하는
혀가 풀리게 하셔서

힘든 고난 중에도
저 지평 너머의
理想의 세계를 보게 하시고

소소한 일상의 일에도
감사를 잃지 않게 하셔서
하늘의 위로가 넘치게 하소서

봄날의 명상

가장 화려하게 와서
초라하게 가버린
계절이 지나는 여로에

어두움을 뚫고 자라나는
생명의 속삭임을 듣는다

벌거벗은 가지에
잎새의 푸르름을 향한 숨결이
숨 가쁜 호흡으로 달려온다

대지를 향한 바람은
높은 산자락을 휘감고
깊은 계곡을 지나

먼 바다로 흐르더니
정오의 햇살은 눈부시다

봄은 날 보고
꽃처럼 살라 하고

세월은 날 보고
바람처럼 살라지만

거리를 방황하는 목마름은
어두운 길거리를 헤맨다

눈부신 삼월은
꽃내음을 노래하지만
내 마음의 봄은 언제 찾아오려나

3월의 기도

오 주님!
혹한이 엊그제이더니
터질듯 꽃망울이
활짝 웃는 날을 기다리네요.

세월은 이토록 소리 없이
흐르지만

내 삶은 미동도 않은 체
부동의 자세로 있으니
부끄럽기 그지없습니다

겨우내 혈색 잃은 나무들은
연초록 옷을 입기 위해
분주히 새 움을 짓고

휑하니 날아간 철새들도
푸른 가지들을 찾아오는 계절이기에

나도 깊은 잠에 깨어나
청초한 눈망울로
주를 향해 엎드리게 하소서

나라를 위해 교회를 위해
이웃과 형제들을 위해

그리고 내 자아를 위해
무릎 꿇게 하셔서

더 낮아지게 하시고
겸손과 온유로 허리띠를 띠게 하소서

오 주님!
비둘기 같은 성령이
내리는 꽃비처럼

삼월 특별성회에
감동의 눈물이 흐르게 하시고
잃어버린 영성을 회복케 하시며

답답한 내 영혼에
한 줄기 생수를 주셔서

새 술에 취한 다윗처럼
거룩한 춤을 추게 하소서

다정한 동행자

하얀 구름 흐르고
별빛 쏟아지는 푸른 하늘 아래

기쁨과 슬픔도
함께 나누기 위해
서로 만난 사람들아

이 땅에서 영원까지 가리라
두 손 모아 빌어 보렴

지천에 흐르는
빗물, 냇물, 강물도
다 받아들인 저 대양처럼

내 허물 네 허물 가득 안고
들꽃처럼 진한 향기 남기려고

다짐하는 그대들의 사랑은
시공을 넘어 영원까지 이르는구나

벌판 같은 가슴에 기대어
목련처럼 우아한 면사포 쓰고

행복의 낙원찾아 가는 여로에
둘이 하나 되어 한 몸 되려므나

지표에 어둠 내리고
석양에 고운 노을 질 때까지

새벽안개 타고
험한 산 거친 파도 넘어
천년 만년 다정한 동행자 되려므나

행복

밤이 깊어가는 시간이다
뒤돌아보니
오늘 하루도 행복한 하루였다

행복이 특별하겠는가
내 발로 걷고
밥 먹고 소화되고

탈 없이 사는 것이
소중한 행복이지

이 모든 걸 다스리는 분이
늘 내 곁에 계시니
이보다 더한 행복이 있으랴

칠월의 기도

칠월의 밤하늘엔
성근 별이 눈부시고

드넓은 땅에는
초록이 눈부시다

저 하늘과 이 땅을
눈부심으로 채우시는 주여

오늘 이 가슴에
빛나는 별 하나 떠오르게 하시고
눈부신 초록으로 채워주셔서

한여름의 캔버스에
푸른 자화상을 그리게 하소서

가시나무

의문이 있었습니다
탱자, 찔레, 장미꽃 나무들은
왜 한 아름 나무로 자라지 않고

집이나 배를 짓는 곳에
쓰임 받지 못하는지
눈 감고 조용히 물었습니다

왜 이 나무들은 크게 자라지 않고
귀한 곳에 쓰임 받지 못합니까

세미한 음성이 들렸습니다
가시가 있는 나무는
크게 자란 나무가 없고
큰 재목으로 쓰임 받지 못한다고

소중한 재목이 되어
쓰임 받길 원하는 그대여

사람도 그렇지 않겠습니까
입술, 욕심, 혈기를 통해 나오는

마음에 가시를 가진 사람은
귀한 재목이 될 수 없으니

그대는 혹시
가시가 있는 사람은 아닌지요

송죽이 되리

하늘거리는 실바람에도
바람 부는 쪽으로
얼굴 돌리는 너

소슬한 왜바람에도
바람 부는 쪽으로
머리 숙이는 너
네 유연함이 부드럽구나

하지만 네 유연함만 자랑치 마라
사시사철 푸르름으로
어리석은 송죽 같은 절개도
큰 자랑이 아니더냐

살랑이는 봄바람과
엄동설한 눈보라와
뜨거운 동남풍이 불어도

유연한 갈대보다
늘 푸름을 잃지 않는 송죽이 되리

4. 기로에서

고뇌

눅눅한 방
햇빛 사라진 창가에 기대어
쏟아지는 장대비를 바라보며

병마에 묶인 나는
누구 죄로 인함인지
홀로 몸부림 치고 있다

눈물이 야윈 볼을 적실 땐
아픔도 근심도 없는 나라로
훨이훨이 날아가고 싶다

오늘 이 밤이 지나고
새 날이 밝아 오면

눈부신 새벽길에
하얀 미소 짓고 싶다

하루 한 번쯤

하루 한 번쯤은
하늘을 쳐다보면 좋겠습니다

새들이 자유로이 날고
하얀 솜털 구름이
자유롭게 흐르는

높은 하늘
푸른 하늘

해와 달과 별들이 소곤대는
끝없는 하늘을 쳐다보면

나는 광활한 우주안의
티끌이라는 인식 앞에
근심은 저만큼 멀어져 갑니다

이별

고운 단풍들이
스러지는 가을 산장에

숲은 매마른 가지로
철새들은 먼 하늘로
이별 노래를 부를 때

20대 청춘의 우리는
정오의 서울역 시계탑 아래서
설레임으로 만나

뜨겁게 손잡고
가파른 남산을 넘어

어둠이 내리던 장충공원에서
석양을 바라보며
뜨거운 사랑을 기약했었다

발 하나 뻗을 수 없던 우리
사랑의 불씨 하나를 가슴에 품고
내일을 바라보며 추위와 더위를 지나
가난 속의 행복을 꿈꾸었지

계절이 지나간 끝자락에
혹한의 북풍이 불어 오듯

햇살 가득한 태양이
산 하나를 넘으면
어두움이 찾아 오듯

조가비 홍겹게 노래 하던 갯벌에
밀물이 오면 썰물 지듯

그대 이별 노래를 부르며
내곁을 떠나려는가

이렇게 가려거든 미련이나 남기지 말일이지

한 번은 떠나야 할 세상
이별 연습을 시키려는 것인가

만추의 들판에 선 나는
험한 길을 바라보며 서러이 운다

기로에서

생이 이렇게 허무할 줄 몰랐습니다
이별이 이렇게
가까이 있는지 몰랐습니다

유난히 하늘 푸르던
1993년 북한 강변

눈이 시리도록 고운 단풍이
소슬한 바람에 흩날릴 때

나는 노을진 석양을 바라보며
쓸쓸히 떨어질 낙엽이었습니다

작은 내 가슴에
그토록 빛나던 별들은
산산이 부서지는 아픔으로 빛을 잃고

두둥실 떠가던 보름달은
이즈러진 조각달이었습니다

산도, 강도, 은빛 백사장도
계절이 지나간 자리에는

흐르다 멈춰버린 강물이
애절한 눈물이 되어
야윈 두 뺨에 흘러내리고

애처러이 스러지던 잎새는
제 길로 갔지만

홀로 외로운 저 가지에
계절이 오면
무성한 잎으로 피어날 것입니다

하지만 덧없는 내 인생은
삶과 죽음의 기로에서

통곡의 사연을 담은
즈문 저 강물처럼
속절없는 눈물로 흐르고 있습니다

눈물이 강물이 되어…

바다로 가자

마음이 괴로울 때
바다로 가자

강인지 바다인지 묻지 않고
평화로 누워있는 바다를 보자

마음이 무너질 때
바다로 가자

시작도 끝도 모르는 곳에서
어둠을 헤치고 달려온 파도들이

희망의 언어들을 풀어헤치고
파도로 깨어지는 바다를 보자

마음이 답답할 때 바다로 가자
무엇 하나 가리우는 것 없이

하늘까지 닿은 수평선을 향해
시원한 바람 부는 바다를 보자

그리운 님 보고플 때
바다로 가자

달빛 별빛도 내려와 노래하고
빗물 강물도
넓은 가슴으로 품는 바다로 가자

흔적

가을이 지나간 거리에는
쓸쓸함만 남는 것이 아닙니다

가을이 거닐던 거리에는
빈 곳을 채우는
넉넉함도 가득합니다

이처럼 가을이
쓸쓸함과 부유함을
가득 채우고 떠난 길이라면

내가 거닐던 거리에는
무슨 흔적을 채워야 하겠습니까

밤이 깊어도

밤이 깊어도
기어이 새벽은 찾아오고

겨울이 추워도
따스한 봄은 찾아오듯

아무리 삶이 고달파도
미소 짓는 날이 오겠지

기다려 봐
낙심치 말고

슬픔도기쁨도
불행도 행복도
다 마음 안에 있는 것

마음을 지켜 봐
맑고 밝은 광명한 날이 오리니

기다려 봐

항상 봄일 수는 없자나

여름이 오면
무더운 땡볕도 있고

가을이 오면
외로이 잎도 지고

겨울이 오면
춥고 가난하지만

기다려봐
꽃피는 봄이 또 오잖아

지우개

다수운 이름 하나 숙이
밤새도록 썼다 지우고
썼다 지웠던 사랑편지
잘 못쓴 글이었기 때문입니다

살다보니
내 기억의 노트에
지우고 싶은 사연이 많습니다

미움 화냄 짜증
손끝 발끝 입술로 썼던 것들이

지나간 기억 속에
흉하게 쓰여 있어
너무 후회스럽습니다

내 생의 노트에 잘 못쓴 글씨
나이 먹을수록 지우고 싶습니다

이 흉한 흔적을 지운 후
가장 아름다운 글씨로
또박또박 쓰고 싶지만

이미 쓰인 글씨를
무슨 지우개로 지워야 합니까

무제

마른 가지에
따스한 바람 오더니

눈부신 꽃잎 피더니
꽃잎 지더니

꽃잎 진 가지에
열매 맺더니

지독한 땡볕 아래
신열을 앓더니

봄도 가고 여름도 가고
가을이 오더니

텅 빈 들판에
튼실한 열매 맺더이다

근심

밤이 깊어 가는 시간에
잠 못 이루는 까닭은
근심이 있기 때문이다

주님은
내일 일은 내일 염려할 것이며
한 날 괴로움은
그날에 족하니라 하셨지만

아무리 말씀을 따라
근심을 내려놓으려 해도
쏟아져 나오는 근심을
막을 수 없는 것은

내 믿음이 부족함 때문이요
육체가 흙으로 지어진
연약한 존재이기 때문일 것이다

점점 감각이 무뎌가는 나이에
아직도 근심을 않고 있으니

이 근심에서 자유케 하실 분은
오직 내 주 예수 뿐이라

철새

갈잎 지고
무서리 내리던 날

저 나뭇가지 텃새들은
저리도 즐거운데

먼 길 떠나는 철새들은
어디로 날아갈까

어둠이 내리고 황혼이 지면
나도 떠나야 할 길

먼 하늘 바라보며
이 외로운 황혼 길을
나와 함께 걸어가요

푸른 잎새

푸른 잎새들이
바람의 유혹에 끌려
신나게 춤출 때

잎새 한 잎이 자신을 찾아 온
벌레의 배고픔을 채워주기 위해

자기 몸을 갉아 먹혀
구멍이 뚫린 채
기어이 자리를 지키고 있습니다

구멍 뚫린 나뭇잎
비록 초라해 보이지만

눈을 크게 뜨고
정갈한 마음으로 보니

젊은 처녀들이
네일아트 샵에서 꾸민
화려한 손톱보다 아름답고
미인의 목걸이 보다 빛이 납니다

자신의 몸을 내주고
상처입은 작은 구멍으로
보이는 세상은

너무 신비롭고
아름답기 그지 없습니다

선인장

주님
왜 이런 삶을 주시나이까
나로 하여금
숲도 없고 강도 없는
모래사막에 살게 하시더니

내 온 몸을 가시로 채우시고
잎새 하나 없는
헐떡이는 생을 살게 하시나이까

시간은 숨 가쁜 바람 앞에
알알이 흩어진 모래 위로 흐르고

기나긴 목마름에 몸부림치던 어느 날
당신은 찌르는 가시 끝에
화려한 꽃잎 하나를 피워 주셨습니다

오 주님
사막에 샘이 솟아나게 하시고
광야에 길을 내시는 주여

내 삶을 찌르는 가시에
아름다운 꽃이 피게 하소서

주 없이 모든 일 헛되어라

인생 최고의 경지에 이른 사람
이스라엘의 3대 왕이며
지혜문학에 특출한 시인이었던 솔로몬

최고의 미인 천명을 거느리고
한없는 쾌락을 누리고 살았지만

인생 말년에 이르러
헛되고 헛되며 헛되고 헛되니
모든 것이 헛되다고 했습니다

사람의 보람이 어디 있겠습니까
노력한만큼 이루고
땀흘린 만큼 거두는 삶이 아니겠습니까

이른 아침 새들이 분주히
나뭇가지 사이를 오가는 것도

귀여운 다람쥐들이
깊은 숲 개울물 소리를 들으며
열심히 도토리를 모으는 것도

노력한 것만큼 거둔다는
자연법칙을 믿기 때문일 것입니다

하지만 인간사는
악한자가 잘 되고
선한자가 고통받는 일이
많은 인생사입니다

내가 이 나이 되도록
한가지 깨달은 것은

아무리 큰 성공자라도
한 가지가 없으면
다 헛되다는 사실 앞에

이 노래를
평생 좋아하는 노래로
부르게 되었습니다

"주 없이 모든 일 헛되어라
밤이나 낮이나 주님 생각"

오늘도 이 노래를 부르며
높은 산 거친 들을 걷고 있습니다

5. 항구에서

샌프란시스코

낭만의 도시
문학의 도시
게이의 도시
눈부신 도시

눈물의 차이나타운
샌프란시스코는

이국의 정취(情趣)를
한껏 가슴에 품고
감미로운 음률처럼 흐르더라

가장 아름다운 다리
중국노무자들의 피로 세워진
붉은색 골든게이트 브릿지는

꿈과 탄식과
눈물 바람으로 슬피 울고

눈부시도록 쏟아지는 햇빛은
영혼까지 비추고

망망대해 태평양은
노인과 바다를
전설처럼 얘기하더라

어니스트 훼밍웨이의 도시
부유한 도시
청춘의 도시

구름 위에서
바라본 샌프란시스코는

아스라이 저 먼 곳으로
사라지는 구름이더라

빈탄에서

계절도 멈춰버린
푸른 하늘
푸른 바다
인도네시아 빈탄 해변에는

가지 하나 없이
쭉쭉 뻗은
흐드러진 야자수 잎이
갯바람에 휘날리고

하얗게 밀려오는 파도를
바라보며
바다 속까지 보이는 물에
천년의 사연들이
물거품처럼 누워있더라

바다를 연인 삼은 원주민들은
얼기설기 만든 수상가옥에 살고

햇볕에 탄 구리 빛 피부는
초라한 모습이지만

빛나는 눈동자
꾸밈없는 표정들
마음속까지 들여다보이는

투명한 천진스러움은

에덴의 부유함이
아직도 존재함을 바라보며

내 추한 허물을
수평선 저 너머로 띄워 보내리

끝없는 수평선을 바라보며
고운 백사장에 무릎 꿇은 나는

천년 동안 몸 씻은 모래로
성을 쌓아 보지만

잠시 후 밀려오는 파도에
흔적도 없이 사라질
모래성을 바라보다

속절없는 발자국만 남긴 채
초연히 발걸음을 돌린다

모하비 사막

태고의 신비인지
신의 저주인지

들은 들이로되
열매 없는 엉겅퀴뿐이고

산은 산이로되
숲도 없고 물도 없는 공허함이다

고독을 헤치고 찾아온 봄향은
세월 따라 가고
오월의 눈부신 신록이
턱 앞에 왔지만

하늘을 등진 모하비 사막은
가시 돋친 선인장과
땅에 붙은 잡목 뿐이다

바람과 구름을 헤집고
달려온 나그네는
고독한 이방인이 되어
L.A에서 라스베가스로 가는 길인데

황량한 서부를 달리던
총잡이들의 말발굽 소리는

세월을 돌아오는 메아리 되어
영혼을 휘감는 졸음을 쫓는다

아, 가도가도 끝이 없이
길게 누운 땅은

대양을 건너온 나그네의 눈에
한 맺힌 눈물이 되어
강같이 사막을 흐른다

꿈에도 보고 싶은 어머니가
사무치게 그립듯

멀리 떠나온 나그네는
한없는 고국의 그리움을
눈물로 사막에 새겨놓는다

아!
나는 왜 반도의 작은 땅에 태어났을까

꽃지 해수욕장에서

저 만큼 야윈 세월이지만
내게도 한 때는
푸른 계절이 있었습니다

아직 가야 할 길은 멀건만
병마에 시달리던 나는

시린 가슴을 쓸어않고
은빛 백사장을 거니는

반라(半裸)의 아가씨들 사이로
붉게 물든 황혼을 바라봤습니다

한낮의 더위는 신열을 앓다
지쳐 가로수 나무 아래로 숨고

운명을 예감한 매미들이
종일 신음을 토하고 있습니다

8월의 더위에 지친 생명들이
논둑의 풀잎 아래서
서러이 울어대는 것을 보던 나는

어둠이 내려와
바다 저 끝으로 사라질 석양을 바라보며

셀 수 없는 모래를 헤아리다
조용히 눈을 감았습니다

등대

검푸른 동해 물치항
외로이 선 등대

혹한의 바람
온 몸에 맞으며
몰려오는 파도를 호령한다

어둠의 무리를 이끌고
평온의 영토를
노략하는 너 누구인가

누구의 사주를 받아
왜 그리 표정을 바꾸며
대양의 세력으로 달려오는가

비가 오나
눈이 오나

한 치의 미동도 없이
늘 거기에 선 등대

오늘도 깜박이는 빛으로
어두운 밤바다를 비춘다

어떤 여행

병마가 할퀴고 간 몸으로
생의 마지막이 될지 모를
여름휴가를 떠나던 날

아들이 몰던 차가
뜨거운 도로 위를 달릴 때

신나게 떠들던 딸과
무심히 잠든 아내를 바라보다

순간순간 다가오는
어둠의 그림자를 보며
남모르는 눈물 흘렸습니다

차창에 스치는 산과 들은
저만큼 아스라이 사라지고

새롭게 다가오는
풍경들을 관조하며

쉼 없이 달리던 차가
안면도에 들어설 때
북풍에 자란
늙은 해송들도 봤습니다

삼삼오오 청춘들이
오고가는 펜션에
짐을 정리하고

갯내음 풍기는
백사장을 거니는
연인들도 보았습니다

파도가 춤추는 갯벌에서
소라를 따는 노파의 손끝으로
서러움이 뚝뚝 떨어지는 세월을 바라보다

천년의 속살을 드러낸 바다에서
야속하게 떠나는 썰물도 보았습니다

어둠이 내려오는 선착장에
웃음을 파는 광대들을 바라보다

나를 짓누르던 짐들을 파도에 띄우고
하룻밤 꿈속 여행을 떠나려고 합니다

항구에서

꿈에도 낯선
샌프란시스코 항구다

눈부신 태양 아래
거리의 악사들은
감미로운 멜로디를 연주하고

금발의 연인들은
낭만의 항구를 추억에 담더라

영혼까지 평안을 주는
파스텔 톤의 다운타운은
외로운 나그네를 더욱 쓸쓸하게 한다

푸른 바다
거친 파도
저 대양을 건너면
내 집에 가련만…

손에 손 잡고 다정히 거니는
연인들의 항구를

아들과 거니는 마음
저 넓은 대양은 알겠지

쉼 없이 흐르는 바닷물을 따라
세월은 가고

부서지는 파도 소리에
태평양도 다정한 연인들도
거리의 악사들도
멀리 사라지지만

아들과 거닐던 항구는
애절한 추억이 되어

영원히 내 마음에 기억되리

라스베가스

끝없는 사막이다
물도 없고 숲도 없는
황량한 사막에
유령처럼 나타난 라스베가스는

저녁노을에 타는
욕망과 환락의 도시
불야성의 도시더라

거리마다
원초적 본능은 용트림 하고
한 순간 쏟아질 대박을 꿈꾸며
몰려든 사람들은

정신없이 발광하는
카지노 기계음 앞에

하얀 밤을 태우며
운명을 도마질 하더라

불야성을 이룬 불들이
하나 둘 꺼지고

동녘 태양이
떠오른 라스베가스는

하룻밤 스쳐간
소돔의 환락(歡樂)이더라

사람이 만든 도시
환상의 도시
밤이 없는 도시

원초적 본능이
자유를 누리는 도시
라스베가스는

하룻밤 허무한 꿈이더라

할리우드

금발의 연인들이
거닐던 거리

세기의 미녀들이
추억을 담던 거리

마릴린 먼로가 거닐던 거리
주라기 공원이 있던 거리
그리고 로데오 거리

비버리 힐의 호화주택 거리를
호기심어린 눈으로 두리번거렸지만

그 찬란하던 헐리우드는
애들의 소꿉장난 같은
세트장들로 한물간 전설의 고향이더라

한 순간 허무한 영광을 담으려고
전시해 놓은 소품들과

곤두박질 친 비행기 잔재들이
어지러이 널려있는 헐리우드 거리는

먼로도 없고
미녀도 없고
넋 나간 쓸쓸한 거리더라

당신 (2)

당신은 누구시길래
이 깊어 가는 가을 아래
낙엽으로 떨어지나요

마른 잎 떨어져
길을 잃을 때

당신과 지내온 날이
수많은 별이 되어
어두운 밤하늘을 수놓네요

당신은 누구시길래
이별이 가득 찬 가을

소슬한 바람에 흔들리는
쓸쓸한 산야처럼
내 마음 이렇게 흔드시나요

6. 바다의 연가

기다림 (1)

밤새 어두움의 거리에
더럽혀진 몸을
정갈한 바닷물에 몸 헹구고

눈부신 미소로 얼굴 내미신
당신 앞에
낮은 언덕은 혼돈의 두 얼굴로
표정 짓습니다

당신을 바라보던 산 언덕은
양지가 되어 화사한 꽃이 피고

새들이 찾아오는 숲을 이루어
부유함을 뽐낼 때

다른 한쪽의 음지는
차디찬 가난함에
숨조차 쉬지 못한 체
눈물 흘렸습니다

시간은 소리처럼 흐르고
정오를 지나
산 하나를 넘을 때

초라함에 떨던 음지도

가슴을 펴고 미소 짓습니다

양지의 미소에 미동조차
하지 않던 태양이
음지에게로 찾아왔기 때문입니다

태양 하나
밤에는 어둠 속에 거닐고
태양 하나
낮에는 빛 속에 거닐고

언덕 하나
오전에는 음지가 울고
언덕 하나
오후에는 양지도 우니

하나가 둘이 되고
둘이 하나라는 상식이
음양의 조화이던가요

하나가 둘이며
둘이 하나이며

양지가 음지 되고
음지가 양지됨은

조용히 기다리면
때가 온다는 진리이던가요

잡초

목마른 가뭄과
열사의 폭염에도

돌봐 주는 이 없었고
가꿔 주는 이 없었습니다

꽃도 없고 향도 없이
오가는 발길에 밟혀도
하늘을 바라보며 살았습니다

그러나 당신은
잎도 시들고
타는 목마름에
짐승들도 헉헉대는 폭염에

질긴 생명력을 주셔서
푸른 꿈을 이루게 하시더니

나로 하여금
잡초 인생임을 깨닫는
귀한 깨달음을 얻게 하셨습니다

바다의 연가

무슨 까닭입니까
당신은 왜 저를
천한 자리로 낮추셔서

짜디짠 물로 채우시며
모든 이들에게
손가락질받게 하시더니

고래도 떠나고
새들도 비웃게 하십니까

수많은 적들이 오염된 몸으로
나를 침략할 때

그 부드럽던 내 얼굴은
성난 파도로 일그러졌습니다

그러던 어느 날
학자의 혀로도 풀 수 없는
오묘한 깨달음을 얻었습니다

잃음이 다 잃음이 아니고
낮춤이 다 낮춤이 아닌 것을

당신은 제게
천지의 대적들을 하나로 묶는
넓은 가슴을 주셨고

폭풍우도 안을 수 있는
깊은 마음을 주셨으며

하늘도 내려와 손잡는
평화의 바다로 넓게 하셨습니다

오 주님!
땅끝까지 저를 낮추신 당신
하늘 끝까지 끌어 올려

촉촉한 이슬로 내리게 하셔서
목마른 대지를 적시게 하시나이다

이것이 깨달음을 얻은 자의
노래이며 기쁨이던가요

희망

바람 불면 부는 대로
그냥 그대로 두세요

가지는 흔들리고
잎새는 아프겠지만

세월이 꽃잎처럼 떨어질 때
고요한 날도 오겠지요

아픔이 오면
그냥 그대로 두세요

뼛속 깊은 아픔에
영혼도 신음을 토하겠지만

세월이 허상이 되어 날아갈 땐
떠나는 날도 오겠지요

아지랑이 피어오르는 봄날
거친 바람은 고요하고
아픔이 날개를 접을 때

외양간에서 나온 송아지처럼
기뻐 뛰는 마음으로

저 바람 부는 언덕에
희망 노래 부르러 가요

기다림 (2)

혹한의 추위가
거리를 스쳐 가면

메마른 가지는
봄을 기다리고

거리에 싸인 눈은
시름을 덮어준다

꽁꽁 얼어 붙은 강은
태양의 온기에 녹아내리고

세차게 부는 바람은
가던 길을 재촉하니

따사로운 봄 향은
산 넘어 저 멀리서
함박 미소 짓는다

오늘

주님이
오실 것만 같은 정오
설레는 마음으로
새신자실에 앉아

교우들에게
마음을 담아
문자를 보내고

차분한 마음으로
의자에 기대어
조용히 눈감으니

분주히 오가는 이들의
발걸음이 정겹다

그렇게 요란하던
매미들의 합창이 끝나고
산들바람 잎새를 스치면

왠지 오늘
땅거미 내린 길이 외롭다

가면

로션을 바르고
옷을 갈아입고
타이를 메고
향수를 뿌리고

강단에 서서
거룩한 모습으로 선 나는
열정적인 메시지를 토한 후

썰물처럼 빠져나간
나만의 시간에
내면의 나를 주시한다

내면 깊이 감춰진 내 모습은
겉과 속이 너무 다른
위선의 가면을 쓴 모습이다

오호라
나는 곤고한 자로다
누가 이 가면을 벗겨주랴

하루

호흡도 정지된
오랜만의 느긋한
나만의 시간이다

눈을 감고
어제와
오늘과
내일을 생각하며

홀로 가야할 길을
연습하는 조용한 하루다

수선대

싸늘한 길거리
한 켠에 놓인
컨테이너 박스
수선대 위에

온갖 세파에 시달린
힘겨운 구두 한 켤레

헌데를 앓으며
조용히 누워있다

깊게 파인 주름
거치러진 피부
찌그러진 바디

무척이나 잡초처럼 살려고
몸부림쳤구나

깊은 침묵이
긴 강물처럼 흐르고

흠뻑 젖은 몸을
수선대 위에 맡기고 누웠더니

마술사처럼 현란한
수선공의 손길이
스치는 곳마다

환한 미소를 되찾는구나

아듀

회색 짙은 빌딩 사이로
재야의 종소리만 남긴 체
이렇게 떠나려는가

가을낙엽처럼 왔다
겨울바람처럼
횡 하니 돌아서는 너
이렇게 가는 것인가

그래 가렴 가려무나
가려거든 내 눈물도
데리고 가려무나

롯의 아내처럼
미련 남기지 말고
먼 길 떠나려무나

숱한 사연 남기고
떠나는 너
아듀 아듀 아듀

추석

땅에는
오곡백과 무르익은
풍요로움이다

하늘에는
천년 세월에 닳은
둥근 달빛
온 누리를 비춘다

추석, 오곡백과, 둥근달

넉넉한 마음으로
둥근 보름달처럼 살리라

여름 길목에서

천안 가는 길이다.
동서울터미널에서
버스를 타고

윤박사님 어머니 장례식장에
가는 길은
추적추적 비가 내리지만

차창 밖으로 보이는 산과 들은
푸르름으로 가득하다

한적한 시골 마을
십자가 첨탑 아래
고즈넉한 교회는
평화롭기 그지없다.

이제 더위도 한 보름이면
기승을 멈추고
논밭에 심긴 곡식들은 가을 빛에
튼실한 알곡으로 무르익겠지

아!
여름도 이렇게 가는 것을

미움도 근심도
여름 길목에 내려두고
호탕한 웃음만 한 보따리 담아 가리

보미

따스한 바람 따라
개나리꽃 눈부시던 날

먼 길 떠난 자리는
쓸쓸함으로 가득하다

외로움을 달래려고
강아지를 입양하던 날
그 이름을 보미라고 불렀다

이런 보미가
새 주인을 따라가던 날

나는 떨어지는 꽃잎처럼
한 없이 울었다

봄에 만나
봄에 떠난 보미
이별은 이처럼 서럽던가

문 열면 꼬리치며
선한 눈망울로 안기던 보미
보고 싶다 미안하다 보미

눈

밤새 눈이 내린다
사뿐사뿐 소리 없이
하얀 눈이 내리면

환한 미소 짓던 사랑이
내게로 가까이 다가온다

저토록 하얀 눈이
켜켜이 쌓인 시름을
덮어 주면 얼마나 좋을꼬

바다로 가자

마음이 괴로울 때
바다로 가자

강인지 바다인지 묻지 않고
평화로 누워있는 바다를 보자

마음이 무너질 때
바다로 가자

시작도 끝도 모르는 곳에서
어둠을 헤치고 달려온 파도들이

희망의 언어들을 풀어헤치고
파도로 깨어지는 바다를 보자

마음이 답답할 때 바다로 가자
무엇 하나 가리는 것 없이

하늘까지 닿은 수평선을 향해
시원한 바람 부는 바다를 보자

그리운 님 보고플 때
바다로 가자
달빛 별빛도 내려와 노래하고

빗물 강물도
넓은 가슴으로 품는 바다로 가자

오 바다여!

외로운 점 하나
가슴에 품은 그대
그대 이름 바다로다

비바람 몰아치고
성난 파도 험할지라도

이 밤이 지나고
새날이 오면
조용해지는 바다여

늘 고요한 바다가 어디 있으리
외롭지 않은 섬이 어디 있으리

하루를 살아도
숱한 일이 많거늘
어찌 눈물 나는 일 없으리

인생은 어머니 자궁을
떠난 순간부터
늘 외롭고 고달픈 삶이어라

그대여
고난은 감당할 만큼 주어지고
눈물은 흘린 만큼

성숙해지는 법이니
고달픔 없는 삶을 바라지 마라

먼 옛날
흉용한 바다에 떨었던 바울은
이 모든 것이 협력하여
선을 이룬다 하지 않았던가

오 고달픈 바다여
그대 이름 바다로다

7. 향수

향수

남도 천리 남쪽 작은 섬
거금도는 내 고향입니다

어릴 때 내 고향은
비린 갯 내음과
싸아한 바닷바람에
송화 가루 흩날리던
초라한 마을이었습니다

봄이 오면
온 산에 수줍은 진달래가
눈이 시리도록 피고

차가운 겨울이면
대나무 숲 사이로
고독한 바람이 윙윙 불고

무더운 여름이면
향긋한 보리 내음

쓸쓸한 가을이면
하얀 억세 꽃이
흩날리던 곳이었습니다

어린 시절 봄이 오면

찔레꽃 하얗게 피는 언덕에 올라
필리릴리 필리릴리
피리 불던 고향이었습니다

폭염이 쏟아지던 여름밤엔
밀짚 멍석 깔고
어머니 팔베개에 누워
쏟아지는 별을 헤아렸듯이

오늘 나는 친구들의 이름을
조용히 헤아려 봅니다

만옥이 석부 병남이
종두 달수 경자 귀자

무던히 나를 괴롭히던
한 친구도 생각납니다

세월이 흘러
중년이 되었지만

이토록 고향이 그리운 것은
그만큼 내가 늙어 가는 이유일 것입니다

꿈에도 그리운 고향
그러나 점점 멀어져 가는 고향입니다

빈소에서

가장 친한 친구
죽마고우가 세상을 떠나
상계 백병원에 갔더니

그가 떠난 빈소에는
반쯤 웃는 영정이 놓여 있고

외로운 국화꽃 앞에 선 나는
애써 담담한 표정으로
조용히 눈을 감았더니

지난 추억이
주마등처럼 스쳐지나갑니다

지난 세월 우리는
퀴퀴한 냄새 나던 방에
함께 뒹굴며
어린 시절을 보냈습니다

철없던 시절은
마냥 웃기만 했지만

진학하지 못했던 우리는
먼지 자욱한 신작로에서
등교하던 친구들을 만날 땐

뒤돌아서 숨었던 기억은
아직도 생생합니다

친구가 암에 걸려
흔들리는 촛불처럼
생명이 꺼져갈 때

하루가 멀다 하고
휴대폰 너머로
남목사 뭐한가 하던 친구

마지막 건너야 할
이승의 강을 두고
죽는 순간을 나눴던 친구

서로 서러움을 나누던 때가
엊그제 같은데
이젠 기억속의 추억이 되어

그는 멀리 가고
나도 그 날을 바라보며
하루의 하루의 삶이
점점 줄어드는 길을
걷고 있습니다

주님!
그를 만날 때 까지
유족들과 내가
이 땅의 삶을 마치고

친구를 만나는 날까지
고된 삶을 감당케 하소서

이 한 줄의 기도를 남기고
조용히 빈소를 나왔습니다

반딧불

어릴적 초저녁
밤하늘을 무수히 수놓던
반딧불이를 잡아
호박꽃 속에 넣고

희미한 호박등불 아래
영희야 이리 오너라
철수야 나하고 놀자며
책 읽던 시절이 그립습니다

친구

비릿한 바다
끝없는 파도

외로운 섬 거금도는
언제나 그리운 고향이다

34년 낯선 길을 걷다
만옥이와 내려와
망중한을 보내는 중이다

엊그제 어린 소년들이
하얀 백발이 되어

회한이 가득 찬 고향 선착장의
검푸른 겨울바다를 보며
순간의 추억을 담고 있지만
자꾸 눈물이 나온 까닭은 무엇일까

우리는 어릴적 애환이 서린
시골길을 거닐며
실없는 농담을 나누다

동병상련의 사연을 앓고
해안도로를 돌아
대흥의 한 국밥집에서 배를 채운후

친구 동철이 우사에
순한 눈망울을 굴리는
송아지를 바라보며
서로 무언의 행운을 빌었다

건강해라 또 보자
슬픔 없는 저 바다 끝에서

고향

옛 추억을 그리며
고향을 찾았습니다

기억에도 희미한
어릴 때 살던 집을 찾았지만

빈 터가 된지 오래이고
집 모퉁이에 있던
유자나무도
죽은 지 오래였습니다

아랫집 상섭씨는
주름이 깊이 파인
노인이 되어 있고

내 팔에 흉터를 남긴
달수네 집을 들여다 본 후

온 마을 남정네들이
윷을 던지며 소란스럽던
성재씨 주막을 찾았더니
빈집으로 남은채
고요한 정적만 흘렀습니다

모퉁이를 돌아
이마에 닿을 듯
낮은 처마 밑 봉창으로

수염이 허연 노인이 팔던
유리병 속
사카린 발린 알사탕을 보며
침 흘리던 시절이 그리웠습니다

폭염이 쏟아지던 날은
온 동네 사람들이
더위를 식히던
커다란 팽나무 그늘을 돌아

고향 마을을 보니
산도 옛 산이 아니고
길도 옛 길이 아니고

그렇게 순수하던 인심도
예전 같지 않았습니다

그 시절 고향은
내 추억 속에 있었습니다

추억

시찰회 동료들과
동해로 가는 길

마른 잎새들이
찬바람 사이로
고독을 노래하더라

하늘 푸르고
산야는 눈꽃이 눈부신데

하얗게 부셔지는 파도가
눈앞에 가득하다

해마다 함께 왔던 길
변함없지만

옛 어른들은 떠나고
내가 가장 나이 많은
어른이 되어 있더라

아!
내 젊음 이렇게 가면
나는 무엇으로 남으려가

오늘 나는
차창 밖 겨울을 바라보며
또 한 줄의 추억을 담는다

만남

1980년
신록이 우거지던 오월
피 끓는 젊음들이
갈잎처럼 스러지던

광주시 북구 운암동
광주신학교에서 만난 청년
그 이름 정현석

깡마른 몸이었지만
유난히 정적인 매력에 끌려
다정한 아우가 된 사람

밥 한 그릇
소금 한 접시
콩나물 다섯개가 담긴
멀건 국을 먹으며
가난한 시절을 같이 보낸 사람

어느 날
광양군 옥곡면 고향에
교회를 세워달라던
겁도 없던 사람

산새들도 서글피 울던 마을에서
함께 웃고
함께 울며
함께 뒹굴던 사람

정이 많던 사람
눈물 나게 하던 사람
내 가슴에 지울 수 없는 사람

아련히 생각나는 사람
늘 그리운 사람

눈부시게 젊음의 날
아름다운 추억의 만남이여

아우 길에 축복있으라

고독의 섬

보이는 것은 하늘과 바다뿐
눈 뜨면 검푸른 파도치는
고독의 섬이었습니다

나이 열 셋이 되기까지
바다 건너 아득히 보이는 육지는
늘 동경의 세상이었습니다

저기는 무슨 세상일까
저곳 사람들은 무엇을 먹을까
뭍의 세상을 부러워 했습니다

하지만 고독한 섬에도
부유함은 넘쳤습니다

양식이 바닥나는 이른 봄이면
삶은 고구마를 앞에 두고
서로 권하는 나눔의 정을 배웠고

여름이면 밤하늘을
수놓는 반딧불을 바라보며
어느 곳에서도 경험 못할
낭만을 누리는 여유를 즐겼고

가을 초저녁이면
수많은 풀벌레들이 연주하는
대합창 오케스트라를 감상하며
문학의 세계를 섭렵했고

추운 겨울이면 여섯 식구들이
헤어진 이불 속에서
배려의 소중함을 배웠습니다.

이처럼 고독의 섬은
정이 있고 낭만이 있고 배려가 있고
시와 음악이 있어
섬 자체가 인생을 배우는 스승이었습니다

세월이 흐른 후
나이 들어 섬에 찾아가
예전의 낭만을 찾았지만

예전의 낭만은 추억속에 있지
눈에 보이지 않았습니다

까닭을 더듬어보니
그토록 가난했던 섬이
부유한 육지로 변해 있었고
사람도 변해 있었기 때문입니다

무엇보다
촌티가 뚝뚝 떨어졌던 내가
지적 도시인으로 변해 있었기 때문입니다

8. 잠 못 이루는 그대를 위하여

존재의 이유

서울대학병원
52병동 22호실
세상을 등지고
누워있는 사람아

분주한 의사들의 손길로
창자가 끊긴 아픔에
몸부림치는 이유는

야속한 병마가
할퀴고 간 상처 때문이다

쉼 없이 흐르던 세월이
멈춰 서던 날
꽃잎이 강물에 떨어진 이유를
너는 아는가

몽롱한 마취가
반나의 전신을 휘감을 때

무의식의 세계를 헤매다
깨어보니
비정한 아픔이로다

아! 아픔이라고
다 헛됨이 아니고
잃음이라고 다 잃음이 아니더라

아픔과 잃음으로
얻을 수 있는
소중한 것이 있기 때문이다

너는 아는가
한송이 꽃이 피기 위해
긴긴날의 혹한과
타오르는 폭염을
참아야 했던 이유를

이 모든 아픔은
존재의 이유이기 때문이다

풀잎 사연

나이 오십이 되어
살아온 세월을 돌아보며
깊은 상념에 잠긴다

따가운 햇살이 비추는
8월의 가파른 언덕에

병상에 보이는 건
하얀 천장뿐인데

텍스에 뚫린 수많은 상흔들이
밤하늘의 별이 되어
내 영혼을 비추는 건
무슨 까닭일까

마음이 고독해서
지나간 세월을 돌아보니
유년의 고향이 그립다

개구리를 잡기 위해
풀내음 나는 논둑길을 걷을 때

풀숲에 숨은 풀벌레들이
혼비백산 도망가던
황톳길을 걷는 사람아

사랑하는 님 가까이 오시는데
무슨 사연이 그리 많아
풀잎의 벌레 되어 우는가

매미

무슨 기쁨이 있길래
시원한 그늘 아래
저리도 노래 부를까

무슨 아픔이 있길래
저리도 목이 터져라
온종일 소리쳐 울어 댈까

유충이 성충이 되기 위해
칠 년을 기다리다
겨우 30일을 사는 매미

너무 기뻐서일까
너무 억울해서일까

매미의 사연을
누가 알겠냐마는

듣는 이의 마음에 따라
웃는 소리로도 들리고
우는 소리로도 들리니

함부로 남을
재단하는 너는 누구인가

바람이고 싶어라

궁금한게 많았습니다
형체도 없는 바람이

천의 얼굴을 감춘체
저런 요술을 부리는지

어느 날엔
가느다란 실에 묶인 방패연을
하늘까지 띄워주더니

어느 날엔
가벼운 가오리연 하나도
띄우지 못한
무기력한 존재이더니

어느 날엔
뿌리 깊은 나무도 뽑는
큰 세력으로 군림했습니다

나는 형체도 없는 존재가
천지를 움직이는 힘을 보고

바람 부는 언덕에 올라
바람에게 물었습니다

너는 누구이기에
보이지도 않는 주재에
감히 이런 힘이 있냐고

바람이 말했습니다
나를 따라 오라고

나는 바람이 머무르는
나무 아래로 이끌려
바람의 존재를 확인했습니다

한 여름 바람이 머무는
느티나무 아래로 갔더니

수없이 반짝이는 잎들이
바람이 연주하는 손짓을 따라

각양각색의 몸짓으로
즐거움의 춤을 추며

마음이 깨끗지 못한 자는
들을 수 없는
최고의 음률로

기쁨의 향연을 노래하는
황홀한 음악회가 열리고 있었습니다
나는 그만 이런 독백을 했습니다

아! 바람
한 줄기 바람이고 싶어라

잠 못 이루는 그대를 위하여

초록으로 무성한 싱그러움 속에
심장이 뛰도록
정열을 일으키는 6월의 장미가
온통 세상을 물들이는 계절입니다

이처럼 새빨간 장미가
6월의 거리를 불지를 때면

머리를 빗고 화장을 하고
향수를 뿌리고
장미빛 외출을 하고 싶겠지요

오늘도 향수를 뿌리고
화려한 외출을 나가는 그대여

마음만큼은 천근 무거운 짐에
힘들어 하지는 않는지요

살다 보면
장밋빛 뒤에 감춰진
눈물 사연이 인생이지요

누구나 출발할 때는
가슴 뛰는 꿈을 꾸며

안 그런 척하며
지친 삶에 덧칠하고 살지만

세상에 부자나 가난한 자나
근심 없는 사람이 있겠습니까

오늘도 돌아누워
눈물 흘리는 그대여

발칸산맥의 장미에서 나오는
가장 좋은 향수를 아시나요

이 세상 최고의 이 향수는
어둠이 깊은 시간에

가장 좋은 향을 발산하기 때문에
한 밤중에 장미를 채취 한다지요

오늘도 세상에 지쳐
잠 못 이루는 그대여

지금 당하는 고난이
가장 멋진 삶을
빚어내기 위한 시련이고
아픔이란 사실을 잊지 마십시오

자유

각양각색 얼굴들로 분주한
양평 5일장 혼잡한 길에

한 중년 장애인이
팔도 없고 발도 없이
땅바닥에 배를 대고
두 다리를 늘어뜨린 채

초라한 수레에
껌 바구니를 싣고

기어 오는지 밀고 오는지
구걸을 하는 중이었습니다

그가 가까이 오는 순간
묘한 감정에 사로잡혀
격랑이 일어났습니다

니가 목사인데
그냥 갈 순 없잖아
이러한 양심의 음성 앞에

지폐 한 장을 꺼내
바구니에 넣으려는 순간

쑥스러운 생각에 머뭇거리다
타이밍을 잃고 말았습니다

그는 스쳐갔고
나는 가면 되지만
마음이 편치 않았습니다

결국 발걸음을 돌려
지폐 한 장을
바구니에 넣고 오던 길은
한없는 자유인이었습니다

"자유가 아니면 죽음을 달라던
패트릭 헨리의 자유"

무엇에도 속박되지 않는 자유
자유인으로 살고 싶습니다

몽돌 사연

우연히 몽돌이 되었을까
우연히 진주가 되었을까
우연히 저 꽃이 피었을까

언어도 없고
들리는 소리도 없지만

몽돌이 되기까지
얼마나 고난이 컸길래
저리도 곱게 닳았을까

영롱한 진주가 되기까지
얼마나 눈물 흘렸을까

향내 나는 꽃이 피기까지
얼마나 시련이 컸을까

어리석은 사람아
우연이라고 우기지 마라

잎새에 뚫린 구멍에도
사연이 있는 법이고

오늘 당하는 고난에도
그럴만한 까닭이 있을 뿐이다

왜 이런 시련이 왔을까
맑은 물에 목욕을 하고

정갈한 마음으로
하늘을 향해 물어봐라

세미한 음성이 들릴 것이니

고독이 몸부림 칠 때

쪽빛 드리운 창가에 기대어
낙엽 진 거리를 바라보면
하염없는 눈물이 흐른다

둘이 걷던 날의
그리움이 많아
고독해지는 순간이면

언제부터인가 모아 두었던
눈물이 이토록 많은지
가슴 깊이 흘러내린다

즐거웠던 추억들이
먼 하늘을 날아갈 때

어둠을 달리는 기차를 타고
바람 부는 바다로
겨울여행을 떠나고 싶다

비린 내음 선창가에
홀로 서서
먼바다를 바라보면

심장 속으로 파고드는
고독이 너무 깊다

저 우뚝선 바위에 부딪혀
하얗게 부셔지는 파도가

고독이 되어 몸부림친다

9. 낙엽의 노래

가을은 되지 마십시오

내가 가을이라면
그대는 눈부신 단풍이겠지요

내가 가을이 되던 날부터
그대는 슬픈 낙엽이던가요

그대가 낙엽일 때
내 마음 갈 길을 잃었습니다

비록 바람이 흔들지라도
가을은 되지 마십시오

그대가 가을 길을 헤맬 때
눈물 나는 것은
내가 홀로 되는 외로움이 아니라

그대 눈에 흐르는 눈물을
닦아줄 수 없기 때문입니다

낙엽의 노래

지난밤 눈부신 색깔로
옷을 갈아입더니

그렇게 정든 품과 이별하고
땅에 뒹구는 너

밤새 내린 비에
온몸을 적시며
이렇게 길을 헤매는구나

갈빛 소슬한 바람이
가슴을 스치고
가지의 철새들도
슬픈 연가를 부를 때면

나도 석양에 노을 지는
황혼 길을 걸어야 할 것을

거리에 어둠이 내리고
가로등 불빛이 잠들기 전

가자 함께
머나먼 길을
낙엽의 노래를 부르며

계절의 거리

푸른 계절은 가고
불타는 가을이 오더니

계절이 지나간 거리에
고운 잎새가 떨어져

낙엽이 되어
거리를 헤멜 때

내 마음 거리를 떠돌다
또 한 번 계절이 오면

그 그늘에 고요히 쉬고 싶어라

기다림 (1)

벌거벗은 몸으로
혹한의 추위에 떠는

진달래 마른 가지에도
연분홍 봄은 찾아오겠지

고독을 넘어
억새꽃 바람에 날려간
황량한 들판에도

하얀 나비는
살포시 내려오겠지

터벅터벅 걷는
겨울 언덕길에서

오늘 나는
따뜻한 품으로 품어 줄
너를 애타게 기다린다

기다림 (2)

소슬한 바람 부는
거리를 걷노라면
각양각색의 사람이다

얼굴이 예쁜 사람
목소리가 좋은 사람

마음씨 고운 사람
눈이 선한 사람
인상이 좋은 사람
각기 다른 모습이다

서로 다른 사람들이
각기 다른 느낌을 준다

만나면 기분 좋은 사람
시간이 빨리 가는 사람
상처를 주는 사람
모두 다른 느낌이다

이렇게 다른 만남이
저만큼 멀어지면
또 다른 기다림이 그립다

함께 걷기 위해
기다려야 된다는 사실

기다림이 있기에
외롭지 않다는 사실
오늘 이런 만남을 기다린다

가을

황금물결 넘실대는
부유한 계절이지만
가을이 좋은 것만 아닙니다

내 청춘 스무 살
전주 예수병원 도로 위로

노란 은행잎이
소슬한 바람에 구르던 날

내 운명도
길 잃은 낙엽처럼
저만큼 멀어져 가는 것을 보며
흐느끼던 날이 가을이었습니다

1993년 눈이 시리도록
고운 단풍 지던 날

내 젊음도 후드득 떨어지는 것을 보며
서럽던 날도 가을이었습니다

2005년 여섯 달 동안
쓰린 가슴을 앓고
서러이 울던 밤도 가을이었습니다

이토록 가을의 아픔에
가을 시인이 되었으니

저 허허 들판 가득 채우는
가을이 되면 좋겠습니다

시월이 오면

8월의 대지가
신열을 앓으며
헉헉대고 있지만
곧 시월이 오겠지

시월이 오면
능금빛 무르익는
결산의 계절인데
나는 어떤 모습일까

부유한 들녘처럼
농익은 모습일까

벌레 먹은 모습으로
떨어지는 풋과일일까

지난 세월 친절로 살았다면
후한 대접을 받겠지만

지난 세월 나이만 먹었다면
한낱 늙은이에 불과하겠지

이제 곧 속절없는 시월이 오면

나는 그때 과연 고운 단풍일까
거리에 구르는 낙엽일까

잎새

그리움의 창가에 기대어
낙엽 진 거리를 바라보면
쓸쓸함이 눈물이 되어 흐른다

지난날의 그리움에
고독해지는 순간이면

모아 두었던 눈물이
이토록 많은지
가슴 깊이 흘러내린다

지나간 추억들이
먼 하늘을 날아갈 때

겨울바다로 여행을 떠나
갯내음 선창가에 서서
파도에 휩싸이는 날이면
고독이 너무 깊다

아! 낙엽 진 저 가지는
봄이 오면 또 잎이 피련만

인생은 왜 한 번 지면
다시 오지 않는 잎새로 떨어져야 하는가

가을이 오면

귀뚜라미 울어대는
가을이 오면
내 작은 뜨락에
쓸쓸함이 가득합니다

가을이 이토록 외로운 것은
벌거벗은 몸으로 서야 할
겨울이 오기 때문일 것입니다

젊은 날
겁도 없던 시절은
철없던 시간이었습니다

이제 세월이 흐르고
속절없는 인생이 되니

저만큼 가까이 있는
석양을 바라보는
습관이 생겼습니다

가을이 깊어가는 계절
남은 세월만큼은
날마다 허물을 벗으며

부끄러움 없는 삶이 되길
간곡히 두 손 모아 빕니다

그대 가을이여

가을이 오면
뼛속 깊이 시린 외로움에
얼굴을 묻고 눈감으면

스러져가는 풀숲에서
노래하던 풀벌레들도
서러이 울어댑니다

들에는 과수원 능금이
타는 빛으로 농익고

산에는 억새꽃 하얀 꽃씨가
바람에 흩날리면

이토록 가을은
슬픈 추억만 남긴 체
멀리 멀어져 갑니다

아! 그대 가을이여

익어 가는 가을

한여름은 가고
밤거리의 가로등도
외로이 잠 못 드는
가을이 익어 가는 계절입니다

계절이 깊어 가는
가을 한 켠은
농익은 과실들이 가득하고

또 다른 한 편은
비바람을 견디어온 이들과

작별하는 슬픔에 겨워
눈물 나는 가을입니다

계절은 하나인데
왜 이런 사연을 남기는지요

지난날 함께 했던 만남이
이별의 아픔이 되기도 하고

지난 계절동안 함께했던 아픔이
거둠의 기쁨이 되는 것은

누군가의 아픔 없이는
내가 누릴 기쁨도 없다는 것을

깨닫게 하는 가을의 가르침인가요

나무야

한 치도 움직이지 못하고
늘 거기에 서 있는
나무에게 물었습니다

나무야
왜 그곳에 그렇게
우두커니 서 있니

나무가 말했습니다
내가 겨우내 벌거벗고 있는 것은

인고의 시간을 참아야
싹을 틔우기 때문이요

불볕을 온몸에 받으며
힘들게 그늘을 드리운 것은

내 그늘 아래서
땀을 식히는 이들의
이야기를 듣기 위함이라

가을 밤

귀뚜라미 울어 대는
가을이 깊어져 가는 밤이다

그렇게 무덥던 더위는 가고
서늘한 바람 부는 밤이지만

아직 내가
잠 못 이루는 까닭을
내 님이 아시리

별들도 고요히 잠든 밤
또 하나의 내가
내 안에 속삭인다

겸손과 온유의 옷을 입고
영원한 길을 예비하라고

이승의 경계선을 건너
무한한 세계를 걸으라고

강아지

강아지가 자라면 개라지요
황혼이 물드는 시간
산책로를 걷다보면
전에 보지 못한
신기한 광경이 펼쳐집니다

강아지를 데리고
산책을 나온건지
모시기 위해 나온건지

많은 사람들이 무리를 이뤄
즐거운 사연을 담고 있습니다

반려견 인구 천 만 시대
큰 개 작은 개 할 것 없이

앙증 맞은 옷을 입히고
신발을 신기고
이발을 시키고
유모차에 모시고 나와

강아지 똥을 두고 가는
얌체도 있지만
강아지 배설물을
소중한 보물처럼

정성스레 담아가는 모습은

요즘 보기 드문
효자 효부 이상의 정성입니다

개팔자 상팔자라는
이야기가 있지만

사람 이상의 대우를 받는
강아지들이 모습이 부럽습니다

목욕을 시켜드리고
양치를 시켜드리고
이발을 시켜드리고

세상을 별세 하면
비싼 관에 모셔
장례를 치뤄 드리고

온 식구가 며칠동안
곡을 하기도 합니다

강아지!
강아지를 보며
지나간 세월을 돌아보니

나는 개보다 못한 삶을 살았네요

개팔자 상팔자!
한 그릇 보신탕이던 존재가

왜 이렇게 신분이 상승되어
대접받는 세상이 되었을까요

12월이 오겠지

햇빛 쏟아지고
바람 부는 길거리에
세월이 흐르면
십이월이 오겠지

이제 곧 찬 바람 불고
눈보라 치는 겨울이 오면
나는 그때 어떤 길을
걷고 있을까

즐거이 걷는 길일까
외로이 걷는 길일까

지난 세월 살아온 길이
친절의 삶이었다면
따스한 길이겠지만

거만의 삶이었다면
쓸쓸한 길이겠지

과연 나는
12월이 오기전에
나를 다스리는
스승은 될 수 없을까

이제 곧
마른잎 떨어지고
찬서리 내리는 11월이 가면

마지막 종착역처럼
가던 길도 멈춰야 할 것이거늘

이제 곧 혹한의 십이월이 오겠지

10. 하루

오직 당신

비바람 몰아치는 광야에서
당신의 위로를 기다립니다

노도 광풍 망망대해에서
당신의 손길 기다립니다

저를 가장 잘 아실 당신
저의 은밀한 것까지
감출 수 없는 당신

가장 믿던 사람들이
하나둘 떠나도

적막한 항구에서
환한 미소로 기다리실 당신

내가 잘 될 때에도
내가 안 될 때에도
다정히 손잡아 주실 당신

내 마음 어루만져 주실 당신
죽음의 계곡까지 동행하실 당신

오직 당신, 당신뿐입니다

하루

5월이 빛나는
황혼이 물든 석양이다

분주히 오가는
차량들의 소음이
쪽빛 드리운 창가에
빗물로 흘러내리면

야곱처럼
끊어진 허리를 부여안고
하늘 저 끝을 바라보며
하 많은 상념에 잠긴다

아!
나는 누구인가
어디로 향하는가
무엇이 되려는가

뜨거운 태양이 지표를 할퀴고
땅거미 어둠을 거닐면
가던 길도 멈춰야 할 것을

오늘 하루도 이렇게 간다

귀환

시작이 있으면
끝이 있는 것은
상식의 진리이던가요

화사한 봄은 가고
신록의 여름도
야속한 바람에 실려갔습니다

다정한 연인들이
은빛 백사장을 거닐며
낭만의 밀어들을 나누고

먼 하늘을 떠날 철새들이
이별을 준비하고 있을 때

나는 땅에 뒹구는
낙엽을 밟으며

이상의 세계를 바라보는
가을 사람입니다

이제 곧 향연은 끝이 나고
메마른 가지에
매달린 낙엽들이
슬픈 노래를 부르기 전에

세욕의 옷을 벗고
사연을 가슴에 묻어둔 체

그대 곁을 떠나
가을 사람으로 돌아가렵니다

이제 고운 잎새들이 떨어진
쓸쓸한 나목(裸木)의 언덕에

외로운 자를 찾아오실
내 님을 부둥켜안고

밤이 하얗게 새도록
목 놓아 울고만 싶습니다

빈 잔

채워도 채워지지 않는
삶이 몸부림칠 때
주께 두 손 모아 기도합니다

주님!
주님은 사막의 엘림이요
목마른 여인의 우물이며
샤론의 수선화이고

빈 들을 채우고도 남음이 있던
열두 광주리의 기적이십니다

공허한 빈들을 채우고도
모자람이 없는 주님이시여

삭풍이 몰아치는
겨울 벌판에
홀로 서 있는 나목처럼
고독이 몸부림칠 때

넘치는 따스함으로
빈 잔을 채우시고

원수들이 비웃는 목전에서
내게 기름을 부으사

잔이 넘치게 하소서

오! 주여
가져도 주님 없는 삶은
채워도 채워지지 않는 빈 잔입니다

하얀 미소

앵두같이 붉은 입술
호수 같은
눈망울도 아름답지만

당신의 는
가슴이 콩닥거리는
꽃보다 아름다운 향기입니다

당신의 따뜻한 미소에
천년 빙하도 녹아내리니

당신의 그 미소 앞에
누가 얼굴을 붉히며
가시 돋친 말을 하겠습니까

이 거친 세상
표정을 잃어버린 세상에
당신의 하얀 미소를 보여주십시오

편지

이름 모를 그대에게
꽃잎 편지에 마음을 담아

장밋빛 향긋한
한 아름 행복을 보냅니다

하 많은 사연들이
거리를 휘돌아 가는

하늘 빛 푸른 계절은
그대 생애에 잊지 못 할
한여름이 될 거예요

주님이 함께 하신다면

신비

광활한 우주를 바라보니
헤아릴 수 없는 별들이 가득하다

영원히 갈 수 없는 거기에
돌과 흙이 있고
높은 언덕과 깊은 계곡이 있다

아무도 없는 별
누구를 위해 존재할까

우연이라 하기에
너무나 모순된 일
무슨 비밀이 존재할까

나는 그만
끝없는 허공을 바라보며
무수한 별들을 헤아리다

신의 경지를 경험하고
삶의 신비를 깨닫는 시인이 된다

11. 세월 앞에서

하늘 집

스치는 바람도 외로운
가을입니다
해마다 오는 계절이지만
오늘은 더욱 쓸쓸함이 가득합니다

겨자씨보다 작은 마음
둘 곳 없어
허접한 거리를 배회합니다

따가운 가을이
나뭇잎 사이를 거닐 때면

무르익은 능금은
타는 빛으로 영글어 가지만

나는 아직
거둬드릴 결실이 없어
야윈 고개를 떨굽니다

아! 언제쯤
광주리 가득 찬 바구니를 들고

아버지 집에 갈 수 있을지
하염없는 눈물만 흘립니다

거울 앞에서

내가 너를 보는 것은
너를 보기 위함이 아니라
나를 보기 위함이다

가장 가까이 있는
내 얼굴이지만
스스로 볼 수 없는 나

오직 너를 통해서만
볼 수 있는 한계가 있기에

니 앞에 설 때마다
한없이 작은 나를 발견한다

세월 앞에서

세월의 거울 앞에
우두커니 섰습니다

깊게 패인 주름
창백한 얼굴은

책임의 무게로 살아온
세월의 흔적이 아니겠습니까

지난 세월
힘겹게 걸어온 삶이었지만
이젠 무거운 짐 내려놓고
나를 위한 삶을 살고파

홀로 여행을 떠나
아침 해 눈부신
어느 항구를 거닐다

허름한 국밥집에 들어가
국물 뜨끈한 한 그릇 비우고

하얗게 부서지는 파도 앞에
망중한을 보내고 싶습니다

아, 나도 소중한 존재이기에
남은 세월만큼은

잃어버린 나를 찾아
나를 위한 삶을 살고 싶습니다

하늘을 향해

어디로부터 시작되어
어디로 가는지 모를

시작도 끝도 없는 파도
하루도 조용할 날 없었다

바다에게 물었다
너는 왜 그토록
쉼 없이 요란하냐고

바다가 말했다
어찌 조용함만
있는 바다가 있으며

어찌 고요함만 있는
세상이 있겠습니까

인생은 낮과 밤 더위와 추위
순경과 역경이 쉼이 없는 것을

아! 정말
빗물 강물 거친 파도까지 품는
바다의 마음이면 얼마나 좋을까

어떻게 바다의 마음을
품을 수 있겠습니까

바다가 말했다
달과 별 구름까지 다 품는
저 하늘을 향해 물어보라고

현실과 이상 사이

빌딩 숲 우거진
시월의 도심에서
지나간 세월을 본다

걸어온 걸음마다
허물이 가득하기에
얼굴 감싸 안지만
이미 지나간 것을 어이하리

입술 깨물고
성스럽게 살고 싶지만

현실과 이상 사이에
번민과 갈등이 잔상으로 흘러내린다

길은 가까이 오고
황혼은 불타는데

시간은 냉혹하게 흐르고
그렇게 바라던 형상은
이루지 못한 체

비틀거리고 있으니

과일

한 입 베었더니
사근사근한 과질에
과즙이 입안에 가득했습니다

선물 받은 배를 한 입 베었더니
과즙은 없이
빡빡한 과질이 입안 가득했습니다

배라는 이름은 하나였지만
맛은 달랐습니다

배 하나를 두고
수도자의 깨달음을 얻었습니다

사근사근, 빡빡

과연 나는
나를 만나는 이웃에게

빡빡한 존재인지
사근사근한 존재인지…

깊은 성찰을 하게 되었습니다

메멘토 모리

고대 로마 시대
전쟁에 이긴 장군이

신 같은 숭배를 받으며
개선의 거리를 행진할 때

비천한 노예 한 명이
죽음을 기억하라
죽음을 잊지 말라고 외쳤던 메멘토 모리

생생한 메아리가 되어
내 귀에 들리니
그 까닭이 무엇인지요

그만큼 마지막이
가까워졌기 때문일 것이며

그만큼 후회스러운 삶을
뉘우치기 때문일 것입니다

이제 살 날이 줄어들고
저만큼 끝이 보이는데

아직도 죄성들이 많고
죽음을 잊지 말라는

메멘토 모리가 들리니

이 일을 어이하면 좋을지요

절규

그토록 멀리 느껴져
아득해 보이던 날이

점점 가까이 보여
때로는 궁금하고
때로는 두렵기만 합니다

지난 세월
내가 걷던 길이
아득히 보였던 것은

아직 가보지 않은
길이었기 때문일 것이며
아직 인생이 무엇인지 모른
철없던 때였기 때문이었겠지요

그러나 지금
바람 부는 언덕에 올라
노을 진 석양을 바라보니

지은 죄가 많아
때로는 신비함으로

때로는 탄식함으로
가까이 다가옴을 봅니다

그리고 내 영혼 깊은 곳에서
탄식의 몸부림이 들립니다

오 호라
나는 곤고한 자로다
이 사망의 몸에서
누가 나를 건져내랴

편협

한 사람이
길을 걷고 있습니다

한 사람을 두고
두 사람이 우기고 있습니다

이쪽에서 본 사람은
가는 사람이라 우기고

저쪽에서 본 사람은
오는 사람이라고 합니다

움직이는 사람은 하나이고
가는 방향도 하나인데

왜 이렇게
가는 사람이라고 하고
오는 사람이라고 우기고 있습니까

마음을 비우면
가는 사람이기도 하고
오는 사람이기도 하거늘

12. 아버지 그리고 어머니

어머니
아버지
아버지 그리고 어머니
한 줄기 바람
시월의 밤
우리
아비의 길
너는 아들 나는 아비
이 몸이 죽어

어머니

이젠 이 나이에
잊을 만도 한데
새록새록 그립습니다

아들의 기억에 어머니는
드넓은 바다였습니다

어머니!
어머니의 바다에
쉬지 않던 파도는
인고의 세월이었던가요

그렇게 쉴 없이
일렁이는 파도에도

어머니의 하늘에 흘러가는
하얀 구름은
평화롭기 그지없었습니다

어머니의 그 바다와 하늘이
이슬이 되어
내 삶을 적시고 있으니
이 모든 것은 어머니의 은혜입니다

어머니
어머니의 어제는
오늘의 삶을 일러주는 가르침이셨고

어머니의 오늘은
인생의 지혜를
가르쳐 주는 스승이셨으니

지금 이 나이에도
어머니의 그늘 아래 살고 있습니다

아버지

희미한 기억 속에
엄하신 모습으로
서 계시던 아버지

아버지의 시절에는
다 그렇게 무정하신 아버지이셨던가요

아들은
아버지의 시절에는
다 그런 분이라고 알았습니다

이제 자식을 기르다 보니
왜 그렇게 엄하신 아버지였는지
조금은 까닭을 알 듯합니다

아버지!
한 줌의 흙으로 누워계실 아버지
아버지의 무덤에는
왜 숲만 무성하고
아버지 꽃이 피지 않는지요

오늘 아들은 철부지 아이가 되어
아버지 품에 얼굴을 묻고
목 놓아 울고 싶은 이유를 가르쳐 주십시오

아버지, 우리 아버지

아버지 그리고 어머니

눈부신 8월의 햇살이
애처로이 스러지는 끝자락에
켜켜이 쌓아둔 추억이 그리워

남도 천 리
섬 하나 외로운
거금도를 찾아갔습니다

비린 바다는 여전했지만
산도 변하고
길도 변하고 사람도 변하고

유년의 꿈이 어린
초등학교 운동장엔
잡초만 무성했고

무지 짝사랑했던 숙이는
아련한 그리움으로
운동장 한편에
우두커니 서 있었습니다

날마다 오르내렸던
폐허 같던 옛 산은
푸르름으로 부유했지만

눈을 감고 걸어도 걸을 것 같던
적대봉 홍리 뒷산 길은
자취를 감춘 지 오래였습니다

그렇게 멀리 보이던 황톳길을
눈 깜짝할 사이에
섬 하나를 돌아 추억을 찾았지만
아련한 기억 속에
작은 기억으로 남아 있었습니다

꿩을 잡기 위해 오르내리던
보리밭 한편에
외로이 묻혀 계시던 아버지의 묘는
울창한 숲에 가려 있고

20년 만에 아버지 앞에 선 나는
먼 하늘을 바라보다
눈물의 언어로 말씀드렸습니다

아버지, 아들입니다
제가 돌아왔습니다

겨울나무들이 윙윙 울며
눈보라 치던 어느 겨울날
아버지 상여꾼 뒤를

철없이 뛰어다니던 까까머리 아들이

반백의 나이가 되어
불효자로 돌아왔습니다

이처럼 서러운 흐느낌이
아버지의 묘를 돌아
훠이훠이 허공으로 날아가고

석양 노을이 황혼에 물들 때
나도 아버지 곁에
잠들고 싶다는 마음으로

녹동으로 가는 철선 위에
멀어져 가는 고향을 바라보며

이렇게 중얼거렸습니다
아버지, 그리고 어머니

내가 피곤한 날개를 접고
홀연히 이승의 옷을 벗는 날

아버지 곁에
한 줌의 흙으로 돌아와
세상 근심 내려놓고 조용히 눕겠습니다

한 줄기 바람

청아한 연분홍 하늘거리며
청록색 눈부시게 쏟아지던
칠월의 어느 날

푸른 바다 건너
혹한의 바람 부는
이방인의 도시 할빈에서

가녀린 소녀가
실바람 타고 오던 날

한 줄기 시원한 바람 불더니
잠 못 이룬 폭염 오더니
후드득 장대비 쏟아지더니

꿈에 그리던 소녀는
장마비 지나간 거리를
설레임으로 돌아와
목마른 회포를 푼다

밤 깊은 줄 모르고
눈물 나게 그립던 소녀와

두런두런 이야기꽃을 피우지만
현기증 나는 난간 위를 걷던 나는

저 아래 푸른 강물 바라보며
켜켜이 묻어둔 마음 만져 줄
내님 손길 기다린다

내일이면 오시겠지
황금마차 타고 오시겠지

내 마음 알아주시겠지
내 마음 어루만져 주시겠지

내 마음 위로해 주던 소녀는
하얀 꽃잎 흩뿌리며
또 내 곁을 떠나겠지

한 줄기 시원한 바람 그리운
칠월의 어느 하늘 아래서

시월의 밤

가을이 익어 가는
시월의 깊은 밤이다

거리를 달리던 차량들은
하나둘 사라지고

거리의 가로등도 조는 밤
내가 잠 못 이루는 이유는
딸을 그리워하기 때문이다

폭염의 더위 아래
매미들도 지친 울음을 토하던
팔월의 어느 날

이역만리 중국으로 떠날 희가
현관에 벗어 둔
낡은 운동화 두 짝이

저토록 애처롭게 보이는 이유는
희를 그토록 사랑하기 때문이다

눈에 넣어도 아프지 않을 희
내 기억의 방에 가득 찬 희
환하게 웃는 희

머리끝에서 발끝까지
세포 하나하나에
내 유전자가 박힌 희

내 가죽을 벗겨줘도 아깝지 않을 희
희가 행복하길 바라는 이유는
내가 아버지이기 때문이다

우리

지천에 연초록 싹이 나고
눈부신 산야에
향기로움이 진동하던 날

아직 촌티를 벗지 못한 우리는
서울역 시계탑 아래서 만나
가파른 남산을 오를 때

가슴은 뛰고
걸음은 사뿐사뿐 날았습니다

남산을 오르던 길은
힘들고 가팔랐지만
오가는 이들의 표정은
한없이 행복해 보였고

어느 새점을 치는
초라한 아낙네 앞에
우리를 알고 싶어
점을 칠 뻔했습니다

눈 깜짝할 사이에
남산을 넘어
배호의 추억이 깃든 공원에
서로 마주 보고 앉을 때

흐르던 시간은 멈추고
그 어느 나무 아래
첫 입맞춤으로
운명이 시작되었습니다

숱한 시간이 흐른
예순아홉 생일 오늘

아련한 그리움에
지난 세월을 돌아보니
서로 웃고 울던
힘든 세월 많았지만

그대 그리고 나
이런 만남으로
우리가 되었습니다

아비의 길

오월의 꽃이 지고
새봄이 올 때까지
빌고 또 빌었다
문제를 풀어달라고

밤이나 낮이나
밤 영시가 지난
2시에도 일어나

휑하니 빈 거리를 걸으며
문제가 풀리길 빌었지만
아무 응답이 없었다

기다림에 지쳐
비틀거리던 어느 날

화사한 벚꽃이
바람에 떨어져 거리를 헤맬 때

그렇게 기다리던 문제가 풀려
기쁨에 겨워 있었더니

또 하나의
아들로 인한 근심에
잠 못 이루는 밤이다

아!
아비의 길은 버겁고
인생은 가혹하다

파도처럼 밀려오는 근심
내 죄로 인한 형벌일까
잘못 찾아온 고난일까

상념이 깊어 가는 밤
내 모습이 초라하다

주여!
주밖에 의지할 이 없나이다
제발 근심 없는 삶을 주소서

너는 아들 나는 아비

녹음이 우거진 신록의 6월 19일
평택 306부대에 근무하던 아들이
휴가를 나오는 날이다

푸른 하늘
천 리 길 떠나던 철새가
지친 날개를 접으며

파도 일렁이는 망망대해
고깃배 깃대 위에 쉼을 얻듯이

아직 어린 아들의 품에
의지하고 싶은 까닭은 무슨 사연일까

덧없이 깊어가는 시월의 밤에
아직 잠 못 이루고

겨우 두 밤이면 만나게 될 아들을
손꼽아 기다린다

너는 아들
나는 아비

부르고 또 부르고픈 아들

이 몸이 죽어

작은 꽃씨 하나가 죽어
천 송이 아름다운 꽃이 핀다면

초라한 이 몸이 죽어
향기로운 뜨락을
이뤄야 하지 않겠습니까

주님!
내가 흘린 눈물이 이슬이 되어
우리 희의 뜨락에
눈부신 꽃을 피우게 하시고

내가 내뿜는 한숨이 바람이 되어
아들의 초원에
싱그러운 노래가 되게 하셔서

주님이 함께 계시는
샤론의 골짜기에
하얀 백합이 무성하게 피게 하소서